Gedichte

Heinrich von Kleist

copyright © 2022 Culturea éditions
Herausgeber: Culturea (34, Hérault)
Druck: BOD - In de Tarpen 42, Norderstedt (Deutschland)
Website: http://culturea.fr
Kontakt: infos@culturea.fr
ISBN: 9782382741962
Veröffentlichungsdatum: November 2022
Layout und Design: https://reedsy.com/
Dieses Buch wurde mit der Schriftart Bauer Bodoni gesetzt.
Alle Rechte für alle Länder vorbehalten.

Der höhere Frieden
(1792 oder 93)

Wenn sich auf des Krieges Donnerwagen,
Menschen waffnen, auf der Zwietracht Ruf,
Menschen, die im Busen Herzen tragen,
Herzen, die der Gott der Liebe schuf:

Denk ich, können sie doch mir nichts rauben,
Nicht den Frieden, der sich selbst bewährt,
Nicht die Unschuld, nicht an Gott den Glauben,
Der dem Hasse, wie dem Schrecken, wehrt.

Nicht des Ahorns dunkelm Schatten wehren,
Daß er mich, im Weizenfeld, erquickt,
Und das Lied der Nachtigall nicht stören,
Die den stillen Busen mir entzückt.

Prolog

[Zur Zeitschrift ›Phöbus‹]

Wettre hinein, o du, mit deinen flammenden Rossen,

Phöbus, Bringer des Tags, in den unendlichen Raum!

Gib den Horen dich hin! Nicht um dich, neben, noch rückwärts,

Vorwärts wende den Blick, wo das Geschwader sich regt!

Donnr' einher, gleichviel, ob über die Länder der Menschen,

Achtlos, welchem du steigst, welchem Geschlecht du versinkst,

Hier jetzt lenke, jetzt dort, so wie die Faust sich dir stellet,

Weil die Kraft dich, der Kraft spielende Übung, erfreut.

Fehlen nicht wirst du, du triffst, es ist der Tanz um die Erde,

Und auch vom Wartturm entdeckt unten ein Späher das Maß.

Epilog

Ruhig! Ruhig! Nur sacht! Das saust ja, Kronion, als wollten
Lenker und Wagen und Roß, stürzend einschmettern zu Staub!
Niemand, ersuch ich, übergeprescht! Wir lieben die Fahrt schon,
Munter gestellt, doch es sind Häls uns und Beine uns lieb.
Dir fehlt nichts, als hinten der Schweif; auf der Warte zum mindsten
Weiß noch versammelt die Zunft, nicht wo das aus will, wo ein.
Führ in die Ställ, ich bitte dich sehr, und laß jetzt verschnaufen,
Daß wir erwägen zu Nacht, was wir gehört und gesehn.
Weit noch ist, die vorliegt, die Bahn, und mit Wasser, o Phöbus,
Was du den Rossen auch gibst, kochst du zuletzt doch, wie wir.
Dich auch seh ich noch schrittweis einher die prustenden führen,
Und nicht immer, beim Zeus, sticht sie der Haber, wie heut.

Der Engel am Grabe des Herrn

Als still und kalt, mit sieben Todeswunden,

Der Herr in seinem Grabe lag; das Grab,

Als sollt es zehn lebendge Riesen fesseln,

In eine Felskluft schmetternd eingehauen;

Gewälzet, mit der Männer Kraft, verschloß

Ein Sandstein, der Bestechung taub, die Türe;

Rings war des Landvogts Siegel aufgedrückt:

Es hätte der Gedanke selber nicht

Der Höhle unbemerkt entschlüpfen können;

Und gleichwohl noch, als ob zu fürchten sei,

Es könn auch der Granitblock sich bekehren,

Ging eine Schar von Hütern auf und ab,

Und starrte nach des Siegels Bildern hin:

Da kamen, bei des Morgens Strahl,

Des ewgen Glaubens voll, die drei Marien her,

Zu sehn, ob Jesus noch darinnen sei:

Denn Er, versprochen hatt er ihnen,

Er werd am dritten Tage auferstehn.

Da nun die Fraun, die gläubigen, sich nahten

Der Grabeshöhle: was erblickten sie?

Die Hüter, die das Grab bewachen sollten,

Gestürzt, das Angesicht in Staub,

Wie Tote, um den Felsen lagen sie;

Der Stein war weit hinweggewälzt vom Eingang;

Und auf dem Rande saß, das Flügelpaar noch regend,

Ein Engel, wie der Blitz erscheint,

Und sein Gewand so weiß wie junger Schnee.

Da stürzten sie, wie Leichen, selbst, getroffen,

Zu Boden hin, und fühlten sich wie Staub,

Und meinten, gleich im Glanze zu vergehn:

Doch er, er sprach, der Cherub: »Fürchtet nicht!

Ihr suchtet Jesum, den Gekreuzigten

Der aber ist nicht hier, er ist erstanden:

Kommt her, und schaut die öde Stätte an.«

Und fuhr, als sie, mit hocherhobnen Händen,

Sprachlos die Grabesstätte leer erschaut,

In seiner hehren Milde also fort:

»Geht hin, ihr Fraun, und kündigt es nunmehr

Den Jüngern an, die er sich auserkoren,

Daß sie es allen Erdenvölkern lehren,

Und tun also, wie er getan«: und schwand.

Die beiden Tauben

Eine Fabel nach Lafontaine

Zwei Täubchen liebten sich mit zarter Liebe.

Jedoch, der weichen Ruhe überdrüssig,

Ersann der Tauber eine Reise sich.

Die Taube rief: »Was unternimmst du, Lieber?

Von mir willst du, der süßen Freundin, scheiden:

Der Übel größtes, ists die Trennung nicht?

Für dich nicht, leider, Unempfindlicher!

Denn selbst nicht Mühen können, und Gefahren,

Die schreckenden, an diese Brust dich fesseln.

Ja, wenn die Jahrszeit freundlicher dir wäre!

Doch bei des Winters immer regen Stürmen

Dich in das Meer hinaus der Lüfte wagen!

Erwarte mindestens den Lenz: was treibt dich?

Ein Rab auch, der den Himmelsplan durchschweifte,

Schien mir ein Unglück anzukündigen.

Ach, nichts als Unheil zitternd werd ich träumen,

Und nur das Netz stets und den Falken sehn.

Jetzt, ruf ich aus, jetzt stürmts: mein süßer Liebling,

Hat er jetzt alles auch was er bedarf,

Schutz und die goldne Nahrung, die er braucht,
Weich auch und warm, ein Lager für die Nacht,
Und alles Weitre, was dazu gehört?«
Dies Wort bewegte einen Augenblick
Den raschen Vorsatz unsers jungen Toren;
Doch die Begierde trug, die Welt zu sehn,
Und das unruhge Herz, den Sieg davon.
Er sagte: »Weine nicht! Zwei kurze Monden
Befriedigen jedweden Wunsch in mir.
Ich kehre wieder, Liebchen, um ein kleines,
Jedwedes Abenteuer, Zug vor Zug,
Das mir begegnete, dir mitzuteilen.
Es wird dich unterhalten, glaube mir!
Ach, wer nichts sieht, kann wenig auch erzählen.
Hier, wird es heißen, war ich; dies erlebt ich;
Dort auch hat mich die Reise hingeführt:
Und du, im süßen Wahnsinn der Gedanken,
Ein Zeuge dessen wähnen wirst du dich.«
Kurz, dies und mehr des Trostes zart erfindend,
Küßt er, und unterdrückt was sich ihm regt,
Das Täubchen, das die Flügel niederhängt,
Und fleucht.
Und aus des Horizontes Tiefe

Steigt mitternächtliches Gewölk empor,

Gewitterregen häufig niedersendend.

Ergrimmte Winde brechen los: der Tauber

Kreucht untern ersten Strauch, der sich ihm beut.

Und während er, von stiller Öd umrauscht,

Die Flut von den durchweichten Federn schüttelt,

Die strömende, und seufzend um sich blickt,

Denkt er, nach Wandrerart, sich zu zerstreun,

Des blonden Täubchens heim, das er verließ.

Und sieht erst jetzt, wie sie beim Abschied schweigend

Das Köpfchen niederhing, die Flügel senkte,

Den weißen Schoß mit stillen Tränen netzend:

Und selbst, was seine Brust noch nie empfand,

Ein Tropfen, groß und glänzend, steigt ihm auf.

Getrocknet doch, beim ersten Sonnenstrahl,

So Aug wie Leib, setzt er die Reise fort,

Und kehrt, wohin ein Freund ihn warm empfohlen,

In eines Städters reiche Wohnung ein.

Von Moos und duftgen Kräutern zubereitet,

Wird ihm, ein Nest, an Nahrung fehlt es nicht,

Viel Höflichkeit, um dessen, der ihn sandte,

Wird ihm zuteil, viel Güt und Artigkeit:

Der lieblichen Gefühle keins für sich.

Und sieht die Pracht der Welt und Herrlichkeiten,
Die schimmernden, die ihm der Ruhm genannt,
Und kennt nun alles, was sie Würdges beut,
Und fühlt unsel'ger sich, als je, der Arme,
Und steht, in Öden steht man öder nicht,
Umringt von allen ihren Freuden, da.
Und fleucht, das Paar der Flügel emsig regend,
Unausgesetzt, auf keinen Turm mehr achtend,
Zum Täubchen hin, und sinkt zu Füßen ihr,
Und schluchzt, in endlos heftiger Bewegung,
Und küsset sie, und weiß ihr nichts zu sagen
Ihr, die sein armes Herz auch wohl versteht!

Ihr Sel'gen, die ihr liebt; ihr wollt verreisen?
O laßt es in die nächste Grotte sein!
Seid euch die Welt einander selbst und achtet,
Nicht eines Wunsches wert, das übrige!
Ich auch, das Herz einst eures Dichters, liebte:
Ich hätte nicht um Rom und seine Tempel,
Nicht um des Firmamentes Prachtgebäude,
Des lieben Mädchens Laube hingetauscht!
Wann kehrt ihr wieder, o ihr Augenblicke,
Die ihr dem Leben einzgen Glanz erteilt?

So viele jungen, lieblichen Gestalten,

Mit unempfundnem Zauber sollen sie

An mir vorübergehn? Ach, dieses Herz!

Wenn es doch einmal noch erwarmen könnte!

Hat keine Schönheit einen Reiz mehr, der

Mich rührt? Ist sie entflohn, die Zeit der Liebe ?

Kleine Gelegenheitsgedichte

Jünglingsklage

Winter, so weichst du,

Lieblicher Greis,

Der die Gefühle

Ruhigt zu Eis.

Nun unter Frühlings

Üppigem Hauch

Schmelzen die Ströme

Busen, du auch!

Mädchenrätsel

Träumt er zur Erde, wen

Sagt mir, wen meint er?

Schwillt ihm die Träne, was,

Götter, was weint er?

Bebt er, ihr Schwestern, was,

Redet, erschrickt ihn?

Jauchzt er, o Himmel, was

Ists, was beglückt ihn?

Katharina von Frankreich

(als der schwarze Prinz um sie warb)

Man sollt ihm Maine und Anjou

Übergeben.

Was weiß ich, was er alles

Mocht erstreben.

Und jetzt begehrt er nichts mehr,

Als die eine

Ihr Menschen, eine Brust her,

Daß ich weine!

Der Schrecken im Bade

Eine Idylle

Johanna.

Klug doch, von List durchtrieben, ist die Grete,

Wie kein' im Dorf mehr! »Mütterchen«, so spricht sie,

Und gleich, als scheute sie den Duft der Nacht,

Knüpft sie ein Tuch geschäftig sich ums Kinn:

»Laß doch die Pforte mir, die hintre, offen;

Denn in der Hürd ein Lamm erkrankte mir,
Dem ich Lavendelöl noch reichen muß«:
Und, husch! statt nach der Hürde, die Verrätrin,
Drückt sie zum Seegestade sich hinab.
Nun heiß, fürwahr, als sollt er Ernten reifen,
War dieser Tag des Mais und, Blumen gleich,
Fühlt jedes Glied des Menschen sich erschlafft.
Wie schön die Nacht ist! Wie die Landschaft rings
Im milden Schein des Mondes still erglänzt!
Wie sich der Alpen Gipfel umgekehrt,
In den kristallnen See danieder tauchen!
Wenn das die Gletscher tun, ihr guten Götter,
Was soll der arme herzdurchglühte Mensch?
Ach! Wenn es nur die Sitte mir erlaubte,
Vom Ufer sänk ich selbst herab, und wälzte,
Wollüstig, wie ein Hecht, mich in der Flut!

Margarete.

Fritz! Faßt nicht Schrecken, wie des Todes, mich!
Fritz, sag ich, noch einmal: Maria Joseph!
Wer schwatzt dort in der Fliederhecke mir?
Seltsam, wie hier die Silberpappel flüstert!

Husch und Lavendelöl und Hecht und Sitte:

Als obs von seinen roten Lippen käme!

Fern im Gebirge steht der Fritz, und lauert

Dem Hirsch auf, der uns jüngst den Mais zerwühlte;

Doch hätt ich nicht die Büchs ihn greifen sehen,

Ich hätte schwören mögen, daß ers war.

Johanna.

Gewiß! Diana, die mir unterm Spiegel,

Der Keuschheit Göttin, prangt, im goldnen Rahm:

Die Hunde liegen lechzend ihr zur Seite;

Und Pfeil und Bogen gibt sie, jagdermüdet,

Den jungen Nymphen hin, die sie umstehn:

Sie wählte sich, der Glieder Duft zu frischen,

Verständiger den Grottenquell nicht aus.

Hier hätt Aktäon sie, der Menschen Ärmster,

Niemals entdeckt, und seine junge Stirn

Wär ungehörnt, bis auf den heutgen Tag.

Wie einsam hier der See den Felsen klatscht!

Und wie die Ulme, hoch vom Felsen her,

Sich niederbeugt, von Schlee umrankt und Flieder,

Als hätt ein Eifersüchtger sie verwebt,

Daß selbst der Mond mein Gretchen nicht und nicht,
Wie schön sie Gott der Herr erschuf, kann sehn!

Margarete.

Fritz!

Johanna.

Was begehrt mein Schatz?

Margarete.

Abscheulicher!

Johanna.

O Himmel, wie die Ente taucht! O seht doch,
Wie das Gewässer heftig, mit Gestrudel,
Sich über ihren Kopf zusammenschließt!
Nichts, als das Haar, vom seidnen Band umwunden,
Schwimmt, mit den Spitzen glänzend, oben hin!
In Halle sah ich drei Halloren tauchen,

Doch das ist nichts, seit ich die Ratz erblickt!

Ei, Mädel! Du erstickst ja! Margarete!

Margarete.

Hilf! Rette! Gott mein Vater!

Johanna.

Nun? Was gibts?

Ward, seit die Welt steht, so etwas erlebt!

Fritz ists, so schau doch her, der junge Jäger,

Der morgen dich, du weißt, zur Kirche führet!

Umsonst! Sie geht schon wieder in den Grund!

Wenn wiederum die Nacht sinkt, kenn ich sie

Auswendig, bis zur Sohl herab, daß ichs

Ihr, mit geschlossnem Aug, beschreiben werde:

Und heut, von ohngefähr belauscht im Bade,

Tut sie, als wollte sie den Schleier nehmen,

Und nie erschaut von Männeraugen sein!

Margarete.

Unsittlicher! Pfui, Häßlicher!

Johanna.

Nun endlich!
In dein Geschick doch endlich fügst du dich.
Du setzest dich, wo rein der Kiesgrund dir,
Dem Golde gleich, erglänzt, und hältst mir still.
Wovor, mein Herzenskind, auch bebtest du?
Der See ist dir, der weite, strahlende,
Ein Mantel, in der Tat, so züchtiglich,
Als jener samtene, verbrämt mit Gold,
Mit dem du Sonntags in der Kirch erscheinst.

Margarete.

Fritz, liebster aller Menschen, hör mich an,
Willst du mich morgen noch zur Kirche führen?

Johanna.

Ob ich das will?

Margarete.

Gewiß? begehrst du das?

Johanna.

Ei, allerdings! Die Glock ist ja bestellt.

Margarete.

Nun sieh, so fleh ich, kehr dein Antlitz weg!
Geh gleich vom Ufer, schleunig, augenblicklich!
Laß mich allein!

Johanna.

Ach, wie die Schultern glänzen!
Ach, wie die Knie, als säh ich sie im Traum,
Hervorgehn schimmernd, wenn die Welle flieht!

Ach, wie das Paar der Händchen, festverschränkt,

Das ganze Kind, als wärs aus Wachs gegossen,

Mir auf dem Kiesgrund schwebend aufrecht halten!

Margarete.

Nun denn, so mag die Jungfrau mir verzeihn!

Johanna.

Du steigst heraus? Ach, Gretchen! Du erschreckst mich?

Hier an den Erlstamm drück ich das Gesicht,

Und obenein noch fest die Augen zu.

Denn alles, traun, auf Erden möcht ich lieber,

Als mein geliebtes Herzenskind erzürnen.

Geschwind, geschwind! Das Hemdchen hier! da liegt es!

Das Röckchen jetzt, das blaugekantete!

Die Strümpfe auch, die seidnen, und die Bänder,

Worin ein flammend Herz verzeichnet ist!

Auch noch das Tuch? Nun, Gretchen, bist du fertig?

Kann ich mich wenden, Kind?

Margarete.

Schamloser, du!
Geh hin und suche für dein Bett dir morgen,
Welch eine Dirn im Orte dir gefällt.
Mich, wahrlich, wirst du nicht zur Kirche führen!
Denn wisse: wessen Aug mich nackt gesehn,
Sieht weder nackt mich noch bekleidet wieder!

Johanna.

Gott, Herr, mein Vater, in so großer Not,
Bleibt auf der Welt zum Trost mir nichts, als eines.
Denn in das Brautbett morgen möcht ich wohl,
Was leugnet ichs; doch, Herzchen, wiß auch du:
In Siegismunds, des Großknechts, nicht in deins.

Margarete.

Was sagst du?

Johanna.

Was?

Margarete.

Sieh da, die Schäkerin!
Johanna ists, die Magd, in Fritzens Röcken!
Und äfft, in eines Flieders Busch gesteckt,
Mit Fritzens rauher Männerstimme mich!

Johanna.

Ha, ha, ha, ha!

Margarete.

Das hätt ich wissen sollen!
Das hätte mir, als ich im Wasser lag,
Der kleine Finger jückend sagen sollen!
So hätt ich, als du sprachst: »Ei sieh, die Nixe!
Wie sie sich wälzet!« und: »Was meinst du, Kind;
Soll ich herab zu dir vom Ufer sinken?«

Gesagt: »komm her, mein lieber Fritz, warum nicht?
Der Tag war heiß, erfrischend ist das Bad,
Und auch an Platz für beide fehlt es nicht«;
Daß du zu Schanden wärst, du Unverschämte,
An mir, die dreimal Ärgere, geworden.

Johanna.

So! Das wär schön gewesen! Ein züchtig Mädchen, wisse,
Soll über solche Dinge niemals scherzen;
So lehrt es irgendwo ein schwarzes Buch.
Doch jetzt das Mieder her; ich wills dir senkeln:
Daß er im Ernst uns nicht, indes wir scherzen,
Fritz hier, der Jäger, lauschend überrasche.
Denn auf dem Rückweg schleicht er hier vorbei,
Und schade wär es doch nicht wahr, mein Gretchen?
Müßt er dich auch geschnürt nie wiedersehn.

Epigramme

[1. Reihe]

Herr von Goethe

Siehe, das nenn ich doch würdig, fürwahr, sich im Alter beschäftgen!
Er zerlegt jetzt den Strahl, den seine Jugend sonst warf.

Komödienzettel

Heute zum ersten Mal mit Vergunst: die Penthesilea,
Hundekomödie; Akteurs: Helden und Köter und Fraun.

Forderung

Gläubt ihr, so bin ich euch, was ihr nur wollt; recht nach der Lust Gottes,
Schrecklich und lustig und weich: Zweiflern versink ich zu nichts.

Der Kritiker

»Gottgesandter, sieh da! Wenn du das bist, so *verschaff* dir
Glauben.« Der Narr, der! Er hört nicht, was ich eben gesagt.

Dedikation der Penthesilea

Zärtlichen Herzen gefühlvoll geweiht! Mit Hunden zerreißt sie,
Welchen sie liebt, und ißt, Haut dann und Haare, ihn auf.

Verwahrung

Scheltet, ich bitte, mich nicht! Ich machte, beim delphischen Gotte,
Nur die Verse; die Welt, nahm ich, ihr wißts, wie sie steht.

Voltaire

Lieber! ich auch bin nackt, wie Gott mich erschaffen, natürlich,
Und doch häng ich mir klug immer ein Mäntelchen um.

Antwort

Freund, du bist es auch nicht, den nackt zu erschauen mich jückte,
Ziehe mir nur dem Apoll Hosen, ersuch ich, nicht an.

Der Theater-Bearbeiter der Penthesilea

Nur die Meute, fürcht ich, die wird in W ... mit Glück nicht
Heulen, Lieber; den Lärm setz ich, vergönn, in Musik.

Vokation

Wärt ihr der Leidenschaft selbst, der gewaltigen, fähig, ich sänge,
Daphne, beim Himmel, und was jüngst auf den Triften geschehn.

Archäologischer Einwand

Aber der Leib war Erz des Achill! Der Tochter des Ares
Geb ich zum Essen, beim Styx, nichts als die Ferse nur preis.

Rechtfertigung

Ein Variant auf Ehre, vergib! Nur ob sie die Schuhe
Ausgespuckt, fand ich bestimmt in dem Hephästion nicht.

A l'ordre du jour

Wunderlichster der Menschen, du! Jetzt spottest du meiner,
Und wie viel Tränen sind doch still deiner Wimper entflohn!

Robert Guiskard, Herzog der Normänner

Nein, das nenn ich zu arg! Kaum weicht mit der Tollwut die eine
Weg vom Gerüst, so erscheint der gar mit Beulen der Pest.

Der Psycholog

Zuversicht, wie ein Berg so groß, dem Tadel verschanzt sein,
Vielverliebt in sich selbst: daran erkenn ich den Geck.

Die Welt und die Weisheit

Lieber! Die Welt ist nicht so rund wie dein Wissen. An allem,
Was du mir eben gesagt, kenn ich den Genius auch.

Der Ödip des Sophokles

Greuel, vor dem die Sonne sich birgt! Demselbigen Weibe
Sohn zugleich und Gemahl, Bruder den Kindern zu sein!

Der Areopagus

Lasset sein mutiges Herz gewähren! Aus der Verwesung
Reiche locket er gern Blumen der Schönheit hervor!

Die Marquise von O ...

Dieser Roman ist nicht für dich, meine Tochter. In Ohnmacht!
Schamlose Posse! Sie hielt, weiß ich, die Augen bloß zu.

An***

Wenn ich die Brust dir je, o Sensitiva, verletze,

Nimmermehr dichten will ich: Pest sei und Gift dann mein Lied.

Die Susannen

Euch aber dort, euch kenn ich! Seht, schreib ich dies Wort euch:

Schwarz auf weiß hin: was gilts? denkt ihr ich sag nur nicht, was.

Vergebliche Delikatesse

Richtig! Da gehen sie schon, so wahr ich lebe, und schlagen

(Hätt ichs doch gleich nur gesagt) griechische Lexika nach.

Ad Vocem

Zweierlei ist das Geschlecht der Fraun; vielfältig ersprießlich

Jedem, daß er sie trennt: Dichtern vor allen. Merkt auf!

Unterscheidung

Schauet dort jene! Die will ihre Schönheit in dem, was ich dichte,
Finden, hier diese, die legt ihre, o Jubel, hinein!

[2. Reihe]

Musikalische Einsicht

An Fr.v.P ...

Zeno, beschirmt, und Diogen, mich, ihr Weisen! Wie soll ich
Heute tugendhaft sein, da ich die Stimme gehört.

Eine Stimme, der Brust so schlank, wie die Zeder, entwachsen,
Schöner gewipfelt entblüht keine, Parthenope, dir.

Nun versteh ich den Platon erst, ihr ïonischen Lieder,
Eure Gewalt, und warum Hellas in Fesseln jetzt liegt.

Demosthenes, an die griechischen Republiken

Hättet ihr halb nur soviel, als jetzo, einander zu stürzen,
Euch zu erhalten getan: glücklich noch wärt ihr und frei.

Das frühreife Genie

Nun, das nenn ich ein frühgereiftes Talent doch! bei seiner
Eltern Hochzeit bereits hat er den Carmen gemacht.

Die Schwierigkeit

In ein großes Verhältnis, das fand ich oft, ist die Einsicht
Leicht, das Kleinliche ists, was sich mit Mühe begreift.

Eine notwendige Berichtigung

Frauen stünde, gelehrt sein, nicht? Die Wahrheit zu sagen,
Nützlich ist es, es steht Männern so wenig, wie Fraun.

Das Sprachversehen

Was! Du nimmst sie jetzt nicht, und warst der Dame versprochen?
Antwort: Lieber! vergib, man verspricht sich ja wohl.

Die Reuige

Himmel, welch eine Pein sie fühlt! Sie hat so viel Tugend
Immer gesprochen, daß ihr nun kein Verführer mehr naht.

Das Horoskop

Wehe dir, daß du kein Tor warst jung, da die Grazie dir Duldung
Noch erflehte, du wirst, Stax, nun im Alter es sein.

Der Aufschluss

Was dich, fragst du, verdammt, stets mit den Dienern zu hadern?
Freund, sie verstehen den Dienst, aber nicht du den Befehl.

Der unbefugte Kritikus

Ei, welch ein Einfall dir kömmt! Du richtest die Kunst mir, zu schreiben,

Ehe du selber die Kunst, Bester, zu lesen gelernt.

Die unverhoffte Wirkung

Wenn du die Kinder ermahnst, so meinst du, dein Amt sei erfüllet.

Weißt du, was sie dadurch lernen? Ermahnen, mein Freund!

Der Pädagog

Einen andern stellt er für sich, den Aufbau der Zeiten

Weiter zu fördern, er selbst führet den Sand nicht herbei.

P ... und F ...

Setzet, ihr trafts mit euerer Kunst, und erzögt uns die Jugend

Nun zu Männern, wie ihr: lieben Freunde, was wärs?

Die lebendigen Pflanzen

An M ...

Eine Mütze, gewaltig und groß, über mehrere Häupter
Zerrst du, und zeigst dann, sie gehn unter denselbigen Hut.

Der Bauer, als er aus der Kirche kam

Ach, wie erwähltet Ihr heut, Herr Pfarr, so erbauliche Lieder!
Grade die Nummern, seht her, die ich ins Lotto gesetzt.

Freundesrat

Ob dus im Tag'buch anmerkst? Handle! War es was Böses,
Fühl es, o Freund, und vergiß; Gutes? Vergiß es noch eh'r!

Die Schatzgräberin

Mütterchen, sag, was suchst du im Schutt dort? Siebenzig Jahre
Hat dich der Himmel getäuscht, und doch noch glaubst du an Glück?

Die Bestimmung

Was ich fühle, wie sprech ich es aus? Der Mensch ist doch immer,
Selbst auch in dem Kreis lieblicher Freunde, allein.

Der Bewunderer des Shakespeare

Narr, du prahlst, ich befriedge dich nicht! Am Mindervoll-kommnen
Sich erfreuen, zeigt Geist, nicht am Vortrefflichen, an!

Die gefährliche Aufmunterung

An einen Anonymus im F ...

Witzig nennst du mein Epigramm? Nun, weil du so schön doch
Auf mich munterst, vernimm denn eine Probe auf dich.

Schauet ihn an! Da steht er und ficht und stößet den Lüften
Quarten und Terzen durchs Herz jubelt und meint, er trifft *mich*.

Wie er heißet? Ihr fragt mich zuviel. Einen Namen zwar, glaub ich,
Gab ihm der Vater: der Ruhm? Davon verlautete nichts.

[Aus der »Germania«-Epoche]

Germania an ihre Kinder / Eine Ode

1

Die des Maines Regionen,

Die der Elbe heitre Aun,

Die der Donau Strand bewohnen,

Die das Odertal bebaun,

Aus des Rheines Laubensitzen,

Von dem duftgen Mittelmeer,

Von der Riesenberge Spitzen,

Von der Ost und Nordsee her!

Chor

Horchet! Durch die Nacht, ihr Brüder,

Welch ein Donnerruf hernieder?

Stehst du auf, Germania?

Ist der Tag der Rache da?

2

Deutsche, mutger Völkerreigen,

Meine Söhne, die, geküßt,

In den Schoß mir kletternd steigen,

Die mein Mutterarm umschließt,

Meines Busens Schutz und Schirmer,

Unbesiegtes Marsenblut,

Enkel der Kohortenstürmer,

Römerüberwinderbrut!

Chor

Zu den Waffen! Zu den Waffen!

Was die Hände blindlings raffen!

Mit der Keule, mit dem Stab,

Strömt ins Tal der Schlacht hinab!

3

Wie der Schnee aus Felsenrissen:

Wie, auf ewger Alpen Höhn,

Unter Frühlings heißen Küssen,

Siedend auf die Gletscher gehn:

Katarakten stürzen nieder,

Wald und Fels folgt ihrer Bahn,

Das Gebirg hallt donnernd wider,

Fluren sind ein Ozean!

Chor

So verlaßt, voran der Kaiser,

Eure Hütten, eure Häuser;

Schäumt, ein uferloses Meer,

Über diese Franken her!

4

Alle Plätze, Trift' und Stätten,

Färbt mit ihren Knochen weiß;

Welchen Rab und Fuchs verschmähten,

Gebet ihn den Fischen preis;

Dämmt den Rhein mit ihren Leichen;

Laßt, gestäuft von ihrem Bein,

Schäumend um die Pfalz ihn weichen,

Und ihn dann die Grenze sein!

Chor

Eine Lustjagd, wie wenn Schützen
Auf die Spur dem Wolfe sitzen!
Schlagt ihn tot! Das Weltgericht
Fragt euch nach den Gründen nicht!

5

Nicht die Flur ists, die zertreten,
Unter ihren Rossen sinkt,
Nicht der Mond, der, in den Städten,
Aus den öden Fenstern blinkt,
Nicht das Weib, das, mit Gewimmer,
Ihrem Todeskuß erliegt,
Und zum Lohn, beim Morgenschimmer,
Auf den Schutt der Vorstadt fliegt!

Chor

Euren Schlachtraub laßt euch schenken!
Wenige, die sein gedenken.
Höhrem, als der Erde Gut,
Schwillt die Seele, flammt das Blut!

6

Gott und seine Stellvertreter,
Und dein Nam, o Vaterland,
Freiheit, Stolz der bessern Väter,
Sprache, du, dein Zauberband,
Wissenschaft, du himmelferne,
Die dem deutschen Genius winkt,
Und der Pfad ins Reich der Sterne,
Welchen still sein Fittich schwingt!

Chor

Eine Pyramide bauen
Laßt uns, in des Himmels Auen,
Krönen mit dem Gipfelstein:
Oder unser Grabmal sein!

Kriegslied der Deutschen

Zottelbär und Panthertier
Hat der Pfeil bezwungen;
Nur für Geld, im Drahtspalier,
Zeigt man noch die Jungen.

Auf den Wolf, soviel ich weiß,
Ist ein Preis gesetzet;
Wo er immer hungerheiß
Naht, wird er gehetzet.

Reinecke, der Fuchs, der sitzt
Lichtscheu in der Erden,
Und verzehrt, was er stipitzt,
Ohne fett zu werden.

Aar und Geier nisten nur
Auf der Felsen Rücken,
Wo kein Sterblicher die Spur
In den Sand mag drücken.

Schlangen sieht man gar nicht mehr,
Ottern und dergleichen,
Und der Drachen Greuelheer,
Mit geschwollnen Bäuchen.

Nur der Franzmann zeigt sich noch
In dem deutschen Reiche;
Brüder, nehmt die Keule doch,
Daß er gleichfalls weiche.

Dresden, im März 1809

An Franz den Ersten, Kaiser von Österreich

O Herr, du trittst, der Welt ein Retter,

Dem Mordgeist in die Bahn;

Und wie der Sohn der duftgen Erde

Nur sank, damit er stärker werde,

Fällst du von neu'm ihn an!

Das kommt aus keines Menschen Busen,

Auch aus dem deinen nicht;

Das hat dem ewgen Licht entsprossen,

Ein Gott dir in die Brust gegossen,

Den unsre Not besticht.

O sei getrost; in Klüften irgend,

Wächst dir ein Marmelstein;

Und müßtest du im Kampf auch enden,

So wirds ein anderer vollenden,

Und dein der Lorbeer sein!

Dresden, den 9. April 1809

Diese drei Lieder überläßt der Verfasser jedem, der sie drucken will, und wünscht weiter nichts, als daß sie einzeln erscheinen und schnell verbreitet werden. H.v.Kl.

An den Erzherzog Karl

Als der Krieg im März 1809 auszubrechen zögerte

Schauerlich ins Rad des Weltgeschickes

Greifst du am Entscheidungstage ein,

Und dein Volk lauscht, angsterfüllten Blickes,

Welch ein Los ihm wird gefallen sein.

Aber leicht, o Herr, gleich deinem Leben

Wage du das heilge Vaterland!

Sein Panier wirf, wenn die Scharen beben,

In der Feinde dichtsten Lanzenstand.

Nicht der Sieg ists, den der Deutsche fodert,

Hülflos, wie er schon am Abgrund steht;

Wenn der Kampf nur, fackelgleich, entlodert,

Wert der Leiche, die zu Grabe geht.

Mag er dann in finstre Nacht auch sinken,
Von dem Gipfel, halb bereits erklimmt;
Herr! Die Träne wird noch Dank dir blinken,
Wenn dein Schwert dafür nur Rache nimmt.

An Palafox

Tritt mir entgegen nicht, soll ich zu Stein nicht starren,
Auf Märkten, oder sonst, wo Menschen atmend gehn,
Dich will ich nur am Styx, bei marmorweißen Scharen,
Leonidas, Armin und Tell, den Geistern, sehn.

Du Held, der, gleich dem Fels, das Haupt erhöht zur Sonnen,
Den Fuß versenkt in Nacht, des Stromes Wut gewehrt,
Der stinkend wie die Pest, der Hölle wie entronnen,
Den Bau sechs festlicher Jahrtausende zerstört!

Dir ließ ich, heiß wie Glut, ein Lied zum Himmel dringen,
Erhabner, hättest du Geringeres getan.
Doch was der Ebro sah, kann keine Leier singen,
Und in dem Tempel still, häng ich sie wieder an.

An den Erzherzog Karl

Nach der Schlacht bei Aspern, den 21. und 22. Mai 1809

Hättest du Türenne besiegt,
Der, an dem Zügel der Einsicht,
Leicht, den ehernen Wagen des Kriegs,
Wie ein Mädchen ruhige Rosse, lenkte;
Oder jenen Gustav der Schweden,
Der, an dem Tage der Schlacht,
Seraphische Streiter zu Hülfe rief;
Oder den Suwarow, oder den Soltikow,
Die, bei der Drommete Klang,
Alle Dämme der Streitlust niedertraten,
Und mit Bächen von Blut,
Die granitene Bahn des Siegs sich sprengten:
Siehe, die Jungfrau rief' ich herbei des Landes,
Daß sie zum Kranz den Lorbeer flöchten,
Dir die Scheitel, o Herr, zu krönen!

Aber wen ruf ich (o Herz, was klopfst du?),
Und wo blüht, an welchem Busen der Mutter
So erlesen, wie sie aus Eden kam,

Und wo duftet, auf welchem Gipfel,

Unverwelklich, wie er Alciden kränzet,

Jungfrau und Lorbeer, dich, o Karl, zu krönen,

Überwinder des Unüberwindlichen!

Rettung der Deutschen

Alle Götter verließen uns schon, da erbarmte das Donau-
Weibchen sich unser, und Mars' Tempel erkenn ich ihr zu.

Die tiefste Erniedrigung

Wehe, mein Vaterland, dir! Das Lied dir zum Ruhme zu singen,
Ist, getreu dir im Schoß, mir, deinem Dichter, verwehrt!

Das letzte Lied

Nach dem Griechischen, aus dem Zeitalter Philipps von Mazedonien

Fern ab am Horizont, auf Felsenrissen,

Liegt der gewitterschwarze Krieg getürmt.

Die Blitze zucken schon, die ungewissen,

Der Wandrer sucht das Laubdach, das ihn schirmt.

Und wie ein Strom, geschwellt von Regengüssen,

Aus seines Ufers Bette heulend stürmt,

Kommt das Verderben, mit entbundnen Wogen,

Auf alles, was besteht, herangezogen.

Der alten Staaten graues Prachtgerüste

Sinkt donnernd ein, von ihm hinweggespült,

Wie, auf der Heide Grund, ein Wurmgeniste,

Von einem Knaben scharrend weggewühlt;

Und wo das Leben, um der Menschen Brüste,

In tausend Lichtern jauchzend hat gespielt,

Ist es so lautlos jetzt, wie in den Reichen,

Durch die die Wellen des Kozytus schleichen.

Und ein Geschlecht, von düsterm Haar umflogen,
Tritt aus der Nacht, das keinen Namen führt,
Das, wie ein Hirngespinst der Mythologen,
Hervor aus der Erschlagnen Knochen stiert;
Das ist geboren nicht und nicht erzogen
Vom alten, das im deutschen Land regiert:
Das läßt in Tönen, wie der Nord an Strömen,
Wenn er im Schilfrohr seufzet, sich vernehmen.

Und du, o Lied, voll unnennbarer Wonnen,
Das das Gefühl so wunderbar erhebt,
Das, einer Himmelsurne wie entronnen,
Zu den entzückten Ohren niederschwebt,
Bei dessen Klang, empor ins Reich der Sonnen,
Von allen Banden frei die Seele strebt;
Dich trifft der Todespfeil; die Parzen winken,
Und stumm ins Grab mußt du daniedersinken.

Erschienen, festlich, in der Völker Reigen,
Wird dir kein Beifall mehr entgegen blühn,
Kein Herz dir klopfen, keine Brust dir steigen,
Dir keine Träne mehr zur Erde glühn,
Und nur wo einsam, unter Tannenzweigen,

Zu Leichensteinen stille Pfade fliehn,

Wird Wanderern, die bei den Toten leben,

Ein Schatten deiner Schön' entgegenschweben.

Und stärker rauscht der Sänger in die Saiten,

Der Töne ganze Macht lockt er hervor,

Er singt die Lust, fürs Vaterland zu streiten,

Und machtlos schlägt sein Ruf an jedes Ohr,

Und da sein Blick das Blutpanier der Zeiten

Stets weiter flattern sieht, von Tor zu Tor,

Schließt er sein Lied, er wünscht mit ihm zu enden,

Und legt die Leier weinend aus den Händen.

An den König von Preussen

zur Feier seines Einzugs in Berlin im Frühjahr 1809 (wenn sie stattgehabt hätte)

Was blickst du doch zu Boden schweigend nieder,

Durch ein Portal siegprangend eingeführt?

Du wendest dich, begrüßt vom Schall der Lieder,

Und deine schöne Brust, sie scheint gerührt.

Blick auf, o Herr! Du kehrst als Sieger wieder,

Wie hoch auch jener Cäsar triumphiert:

Ihm ist die Schar der Götter zugefallen,

Jedoch den Menschen hast du wohlgefallen.

Du hast ihn treu, den Kampf, als Held getragen,

Dem du, um nichtgen Ruhms, dich nicht geweiht!

Du hättest noch, in den Entscheidungstagen,

Der höchsten Friedensopfer keins gescheut.

Die schönste Tugend, laß michs kühn dir sagen,

Hat mit dem Glück des Krieges dich entzweit:

Du brauchtest Wahrheit weniger zu lieben,

Und Sieger wärst du auf dem Schlachtfeld blieben.

Laß denn zerknickt die Saat, von Waffenstürmen,

Die Hütten laß ein Raub der Flammen sein;

Du hast die Brust geboten, sie zu schirmen:

Dem Lethe wollen wir die Asche weihn.

Und müßt auch selbst noch, auf der Hauptstadt Türmen,

Der Kampf sich, für das heilge Recht, erneun:

Sie sind gebaut, o Herr, wie hell sie blinken,

Für bessre Güter, in den Staub zu sinken!

An die Königin Luise von Preussen

zur Feier ihres Geburtstags den 10. März 1810

[1. Fassung]

(In der Voraussetzung, daß an diesem Tage Gottesdienst sein würde)

Die Glocke ruft, hoch, von geweihter Stelle,
Zum Dom das Volk, das durch die Straßen irrt.
Das Tor steht offen schon, und Kerzenhelle
Wogt von dem Leuchter, der den Altar ziert.
Bestreut, nach Festesart, ist Trepp und Schwelle,
Die in das Innere der Kirche führt,
Und, unter Tor' und Pfeilern, im Gedränge,
Harrt, lautlos, die erwartungsvolle Menge.

Und die das Unglück, mit der Grazie Tritten,
Auf jungen Schultern, herrlich jüngsthin trug,
Als einzge Siegerin vom Platz geschritten,
Da jüngst des Himmels Zorn uns niederschlug,
Sie, die, aus giftiger Gewürme Mitten,

Zum Äther aufstieg, mit des Adlers Flug:

Sie tritt herein, in Demut und in Milde,

Und sinkt auf Knieen hin, am Altarbilde.

O einen Cherub, aus den Sternen, nieder,

Die Palmenkron in der erhobnen Hand,

Der sie umschweb, auf glänzendem Gefieder,

Gelagert still, auf goldner Wolken Rand,

Der, unterm Flötenton seraphscher Lieder,

Den Kranz erhöh, von Gott ihr zuerkannt,

Und, vor des Volkes frommerstauntem Blicke,

Auf ihre heilge Schwesterstirne drücke.

[2. Fassung]

Du, die das Unglück mit der Grazie Schritten,

Auf jungen Schultern, herrlich jüngsthin trug:

Wie wunderbar ist meine Brust verwirrt,

In diesem Augenblick, da ich auf Knieen,

Um dich zu segnen, vor dir niedersinke.

Ich soll dir ungetrübte Tag' erflehn:

Dir, die der hohen Himmelssonne gleich,

In voller Pracht nur strahlt und Herrlichkeit,

Wenn sie durch finstre Wetterwolken bricht.

O du, die aus dem Kampf empörter Zeit,

Die *einzge* Siegerin, hervorgegangen:

Was für ein Wort, dein würdig, sag ich dir?

So zieht ein Cherub, mit gespreizten Flügeln,

Zur Nachtzeit durch die Luft, und, auf den Rücken

Geworfen, staunen ihn, von Glanz geblendet,

Der Welt betroffene Geschlechter an.

Wir alle mögen, Hoh' und Niedere,

Von den Ruinen unsers Glücks umgeben,

Gebeugt von Schmerz, die Himmlischen verklagen,

Doch du Erhabene, du darfst es nicht!

Denn eine Glorie, in jenen Nächten,

Umglänzte deine Stirn, von der die Welt
Am lichten Tag der Freude nichts geahnt:
Wir sahn dich Anmut endlos niederregnen,
Daß du so groß als schön warst, war uns fremd!
Viel Blumen blühen in dem Schoß der Deinen
Noch deinem Gurt zum Strauß, und du bists wert,
Doch eine schönre Palm erringst du nicht!
Und würde dir, durch einen Schluß der Zeiten,
Die Krone auch der Welt: die goldenste,
Die dich zur Königin der Erde macht,
Hat still die Tugend schon dir aufgedrückt.
Sei Teure, lange noch des Landes Stolz,
Durch frohe Jahre, wie, durch frohe Jahre,
Du seine Lust und sein Entzücken warst!

[3. Fassung]
Sonett

Erwäg ich, wie in jenen Schreckenstagen,
Still deine Brust verschlossen, was sie litt,
Wie du das Unglück, mit der Grazie Tritt,
Auf jungen Schultern herrlich hast getragen,

Wie von des Kriegs zerrißnem Schlachtenwagen
Selbst oft die Schar der Männer zu dir schritt,
Wie, trotz der Wunde, die dein Herz durchschnitt,
Du stets der Hoffnung Fahn uns vorgetragen:

O Herrscherin, die Zeit dann möcht ich segnen!
Wir sahn dich Anmut endlos niederregnen,
Wie groß du warst, das ahndeten wir nicht!

Dein Haupt scheint wie von Strahlen mir umschimmert;
Du bist der Stern, der voller Pracht erst flimmert,
Wenn er durch finstre Wetterwolken bricht!

[Für die »Berliner Abendblätter«]

An unsern Iffland

bei seiner Zurückkunft in Berlin den 30. September 1810

Singt, Barden! singt Ihm Lieder,
Ihm, der sich treu bewährt;
Dem Künstler, der heut wieder
In eure Mitte kehrt.
In fremden Landen glänzen,
Ist Ihm kein wahres Glück:
Berlin soll Ihn umkränzen,
Drum kehret Er zurück.

Wie oft saht ihr Ihn reisen,
Mit furchterfüllter Brust.
Ach! seufzten Volk und Weisen:
Nie kehret unsre Lust!
Nein Freunde, nein! und schiede
Er mehrmal auch im Jahr,
Daß Er euch gänzlich miede,
Wird nie und nimmer wahr.

In Sturm nicht, nicht in Wettern
Kann dieses Band vergehn;
Stets auf geweihten Brettern
Wird Er, ein Heros, stehn;
Wird dort als Fürst regieren
Mit kunstgeübter Hand,
Und unsre Bühne zieren
Und unser Vaterland!

                              Von einem vaterländischen Dichter

An die Nachtigall

(Als Mamsell Schmalz die Camilla sang)

Nachtigall, sprich, wo birgst du dich doch, wenn der tobende *Herbst*wind
Rauscht? In der Kehle der *Schmalz* überwintere ich.

Wer ist der Ärmste?

»Geld!« rief, »mein edelster Herr!« ein Armer. Der Reiche versetzte:
»Lümmel, was gäb ich darum, wär ich so hungrig, als Er!«

Der witzige Tischgesellschafter

Treffend, durchgängig ein Blitz, voll Scharfsinn, sind seine Repliken:
Wo? An der Tafel? Vergib! Wenn ers zu Hause bedenkt.

Notwehr

Wahrheit gegen den Feind? Vergib mir! Ich lege zuweilen
Seine Bind um den Hals, um in sein Lager zu gehn.

Glückwunsch

Ich gratuliere, Stax, denn ewig wirst du leben;
Wer keinen Geist besitzt, hat keinen aufzugeben.

Der Jüngling an das Mädchen
Scharade

Zwei kurze Laute sage mir;
Doch einzeln nicht, so spricht ein Tier!
Zusammen sprich sie hübsch geschwind:
Du liebst mich doch, mein süßes Kind.

(Die Auflösung im folgenden Blatt)

Zwei Legenden nach Hans Sachs

Gleich und Ungleich

Der Herr, als er auf Erden noch einherging,

Kam mit Sankt Peter einst an einen Scheideweg,

Und fragte, unbekannt des Landes,

Das er durchstreifte, einen Bauersknecht,

Der faul, da, wo der Rain sich spaltete, gestreckt

In eines Birnbaums Schatten lag:

Was für ein Weg nach Jericho ihn führe?

Der Kerl, die Männer nicht beachtend,

Verdrießlich, sich zu regen, hob ein Bein,

Zeigt' auf ein Haus im Feld, und gähnt' und sprach: da unten!

Zerrt sich die Mütze übers Ohr zurecht,

Kehrt sich, und schnarcht schon wieder ein.

Die Männer drauf, wohin das Bein gewiesen,

Gehn ihre Straße fort; jedoch nicht lange währts,

Von Menschen leer, wie sie das Haus befinden,

Sind sie im Land schon wieder irr.

Da steht, im heißen Strahl der Mittagssonne,

Bedeckt von Ähren, eine Magd,

Die schneidet, frisch und wacker, Korn,

Der Schweiß rollt ihr vom Angesicht herab.

Der Herr, nachdem er sich gefällig drob ergangen,

Kehrt also sich mit Freundlichkeit zu ihr:

»Mein Töchterchen, gehn wir auch recht,

So wie wir stehn, den Weg nach Jericho?«

Die Magd antwortet flink: »Ei, Herr!

Da seid ihr weit vom Wege irr gegangen;

Dort hinterm Walde liegt der Turm von Jericho,

Kommt her, ich will den Weg euch zeigen.«

Und legt die Sichel weg, und führt, geschickt und emsig,

Durch Äcker die der Rain durchschneidet,

Die Männer auf die rechte Straße hin,

Zeigt noch, wo schon der Turm von Jericho erglänzet,

Grüßt sie und eilt zurücke wieder,

Auf daß sie schneid, in Rüstigkeit, und raffe,

Von Schweiß betrieft, im Weizenfelde,

So nach wie vor.

Sankt Peter spricht: »O Meister mein!

Ich bitte dich, um deiner Güte willen,

Du wollest dieser Maid die Tat der Liebe lohnen,

Und, flink und wacker, wie sie ist,

Ihr einen Mann, flink auch und wacker, schenken.«

»Die Maid«, versetzt der Herr voll Ernst,

»Die soll den faulen Schelmen nehmen,

Den wir am Scheideweg im Birnbaumsschatten trafen;

Also beschloß ichs gleich im Herzen,

Als ich im Weizenfeld sie sah.«

Sankt Peter spricht: »Nein Herr, das wolle Gott verhüten.

Das wär ja ewig schad um sie,

Müßt all ihr Schweiß und Müh verloren gehn.

Laß einen Mann, ihr ähnlicher sie finden,

Auf daß sich, wie sie wünscht, hoch bis zum Giebel ihr

Der Reichtum in der Tenne fülle.«

Der Herr antwortet, mild den Sanktus strafend:

»O Petre, das verstehst du nicht.

Der Schelm, der kann doch nicht zur Höllen fahren.

Die Maid auch, frischen Lebens voll,

Die könnte leicht zu stolz und üppig werden.

Drum, wo die Schwinge sich ihr allzuflüchtig regt,

Henk ich ihr ein Gewichtlein an,

Auf daß sies beide im Maße treffen,

Und fröhlich, wenn es ruft, hinkommen, er wie sie,

Wo ich sie alle gern versammeln möchte.«

Der Welt Lauf

Der Herr und Petrus oft, in ihrer Liebe beide,

Begegneten im Streite sich,

Wenn von der Menschen Heil die Rede war;

Und dieser nannte zwar die Gnade Gottes groß,

Doch wär er Herr der Welt, meint' er,

Würd er sich ihrer mehr erbarmen.

Da trat, zu einer Zeit, als längst, in beider Herzen,

Der Streit vergessen schien, und just,

Um welcher Ursach weiß ich nicht,

Der Himmel oben auch voll Wolken hing,

Der Sanktus, mißgestimmt, den Heiland an, und sprach:

»Herr, laß, auf eine Handvoll Zeit,

Mich, aus dem Himmelreich, auf Erden niederfahren,

Daß ich des Unmuts, der mich griff,

Vergeß und mich einmal, von Sorgen frei, ergötze,

Weil es jetzt grad vor Fastnacht ist.«

Der Herr, des Streits noch sinnig eingedenk,

Spricht: »Gut; acht Tag geb ich dir Zeit,

Der Feier, die mir dort beginnt, dich beizumischen;

Jedoch, sobald das Fest vorbei,

Kommst du mir zur gesetzten Stunde wieder.«

Acht volle Tage doch, zwei Wochen schon, und mehr,

Ein abgezählter Mond vergeht,

Bevor der Sankt zum Himmel wiederkehrt.

»Ei, Petre«, spricht der Herr, »wo weiltest du so lange?

Gefiels auch nieden dir so wohl?«

Der Sanktus, mit noch schwerem Kopfe, spricht:

»Ach, Herr! Das war ein Jubel unten !

Der Himmel selbst beseliget nicht besser.

Die Ernte, reich, du weißt, wie keine je gewesen,

Gab alles was das Herz nur wünscht,

Getreide, weiß und süß, Most, sag ich dir, wie Honig,

Fleisch fett, dem Speck gleich, von der Brust des Rindes;

Kurz, von der Erde jeglichem Erzeugnis

Zum Brechen alle Tafeln voll.

Da ließ ichs, schier, zu wohl mir sein,

Und hätte bald des Himmels gar vergessen.«

Der Herr erwidert: »Gut! Doch Petre sag mir an,

Bei soviel Segen, den ich ausgeschüttet,

Hat man auch dankbar mein gedacht?

Sahst du die Kirchen auch von Menschen voll?«

Der Sankt, bestürzt hierauf, nachdem er sich besonnen,

»O Herr«, spricht er, »bei meiner Liebe,

Den ganzen Fastmond durch, wo ich mich hingewendet,

Nicht deinen Namen hört ich nennen.

Ein einzger Mann saß murmelnd in der Kirche:

Der aber war ein Wucherer,

Und hatte Korn, im Herbst erstanden,

Für Mäus und Ratzen hungrig aufgeschüttet.«

»Wohlan denn«, spricht der Herr, und läßt die Rede fallen,

»Petre, so geh; und künftges Jahr

Kannst du die Fastnacht wiederum besuchen.«

Doch diesmal war das Fest des Herrn kaum eingeläutet,

Da kömmt der Sanktus schleichend schon zurück.

Der Herr begegnet ihm am Himmelstor und ruft:

»Ei, Petre! Sieh! Warum so traurig?

Hats dir auf Erden denn danieden nicht gefallen?«

»Ach, Herr«, versetzt der Sankt, »seit ich sie nicht gesehn,

Hat sich die Erde ganz verändert.

Da ists kurzweilig nicht mehr, wie vordem,

Rings sieht das Auge nichts, als Not und Jammer.

Die Ernte, ascheweiß versengt auf allen Feldern,

Gab für den Hunger nicht, um Brot zu backen,

Viel wen'ger Kuchen, für die Lust, und Stritzeln.

Und weil der Herbstwind früh der Berge Hang durchreift,

War auch an Wein und Most nicht zu gedenken.

Da dacht ich: was auch sollst du hier?

Und kehrt' ins Himmelreich nur wieder heim.«

»So!« spricht der Herr. »Fürwahr! Das tut mir leid!

Doch, sag mir an: gedacht man mein?«

»Herr, ob man dein gedacht? Die Wahrheit dir zu sagen,

Als ich durch eine Hauptstadt kam,

Fand ich, zur Zeit der Mitternacht,

Vom Altarkerzenglanz, durch die Portäle strahlend,

Dir alle Märkt und Straßen hell;

Die Glöckner zogen, daß die Stränge rissen;

Hoch an den Säulen hingen Knaben,

Und hielten ihre Mützen in der Hand.

Kein Mensch, versichr' ich dich, im Weichbild rings zu sehn,

Als einer nur, der eine Schar

Lastträger keuchend von dem Hafen führte:

Der aber war ein Wucherer,

Und häufte Korn auf lächelnd, fern erkauft,

Um von des Landes Hunger sich zu mästen.«

»Nun denn, o Petre«, spricht der Herr,

»Erschaust du jetzo doch den Lauf der Welt!

Jetzt siehst du doch was du jüngsthin nicht glauben wolltest,

Daß Güter nicht das Gut des Menschen sind;

Daß mir ihr Heil am Herzen liegt wie dir:

Und daß ich, wenn ich sie mit Not zuweilen plage,

Mich, meiner Liebe treu und meiner Sendung,

Nur ihrer höhren Not erbarme.«

[Widmung des »Prinz Friedrich von Homburg«]

Gen Himmel schauend greift, im Volksgedränge,

Der Barde fromm in seine Saiten ein.

Jetzt trösten, jetzt verletzen seine Klänge,

Und solcher Antwort kann er sich nicht freun.

Doch eine denkt er in dem Kreis der Menge,

Der die Gefühle seiner Brust sich weihn:

Sie hält den Preis in Händen, der ihm falle,

Und krönt ihn die, so krönen sie ihn alle.